BWC

Bo

UNED IAITH GENEDLAETHOL CYMRU

CBAC

Lluniau gan Rod Knipping

Roedd Eira Jones yn treulio blwyddyn yn Ffrainc fel rhan o'i chwrs coleg. Roedd hi'n gweithio fel athrawes Saesneg mewn tref o'r enw Rodez.

Roedd Eira'n fywiog iawn ac roedd hi'n hoffi

mynd allan bob nos i gaffe i gwrdd â phobl ifanc ac i siarad Ffrangeg â nhw.

"Dydw i ddim eisiau aros yn fy ystafell i ar fy

mhen fy hun," ysgrifennodd hi mewn llythyr at ei rhieni yng Nghymru. "Mae'n rhaid i fi siarad â phobl. Rydw i'n gobeithio gallu siarad Ffrangeg yn rhugl erbyn diwedd y flwyddyn."

Roedd Eira'n un deg naw oed. Roedd rhai o'r plant yn ei dosbarthiadau hi bron mor hen â hi. Roedd disgyblion hynaf yr ysgol yn mynd i'r caffe hefyd, ac roedden nhw i gyd yn mwynhau siarad ag Eira achos roedd y Gymraes yn gymdeithasol iawn. Weithiau roedd y myfyrwyr yn mynd â hi i'r sinema neu i gêm rygbi yn y stadiwm drws nesaf i'r ysgol.

"Mae'r Cymry'n chwarae rygbi hefyd," meddai rhai o'r bechgyn wrth Eira. "Ond dydyn nhw ddim cystal â chwaraewyr Ffrainc. Rydyn ni'n curo'r Cymry bron bob tro."

"Mae chwaraewyr Ffrainc yn bwyta coesau llyffant. Dyna pam maen nhw'n rhedeg mor gyflym!" meddai Eira gan wenu.

Cyn bo hir roedd Eira'n wyneb cyfarwydd ym mhob caffe yn y dref. Roedd hi'n boblogaidd yn yr ysgol hefyd, ac roedd ei gwersi hi'n ddiddorol iawn.

Un prynhawn gofynnodd un o'r bechgyn gwestiwn iddi hi:

"Ydych chi'n credu mewn bwganod, Mademoiselle

Jones?"

"Wn i ddim, Pierre," atebodd Eira'n onest. "Dydw i ddim wedi cwrdd â bwgan eto."

"Felly, os dydych chi ddim wedi gweld rhywbeth," meddai Claude, "dydych chi ddim yn credu ynddo fe, Mademoiselle?"

"Dydw i ddim yn dweud hynny, Claude," atebodd Eira. "Er enghraifft, dydw i ddim wedi gweld Duw, ond rydw i'n credu ynddo fe."

"Wel, beth am fwganod?" gofynnodd Pierre eto.

"Dydw i ddim yn siwr am fwganod," meddai'r Gymraes. "Felly, dydw i ddim yn gallu rhoi ateb i chi."

Ar ôl y wers roedd y ddau fachgen yn aros am yr athrawes ifanc yn y coridor.

"Mae tŷ bwgan, tua dau kilometr o Rodez," meddai Claude wrthi hi.

"Rydyn ni'n mynd yno nos Sadwrn. Ydych chi eisiau dod gyda ni, Mademoiselle?"

Petrusodd Eira cyn ateb.

"Oes ofn arnoch chi?" gofynnodd Pierre gyda gwên fach.

"Ofn?" meddai Eira. "O, nac oes. Ond dydw i ddim yn siwr am nos Sadwrn, dyna'r cwbl."

"Dywedwch y gwir, Mademoiselle Jones," chwarddodd Claude. "Dydy'r Cymry ddim mor ddewr â'r Ffrancwyr!"

Wrth gwrs, doedd Eira ddim eisiau ymddangos yn ofnus.

"O'r gorau," atebodd hi. "Am faint o'r gloch nos Sadwrn?"

Drannoeth roedd Raoul a Sophie Milot yn siarad yng nghegin y Café du Stade.

"Roeddwn i'n siarad â'r Gymraes ifanc Mademoiselle Jones neithiwr," meddai Sophie wrth ei gŵr. "Mae rhai o fechgyn yr ysgol yn mynd â hi i'r tŷ bwgan nos Sadwrn."

"Mae'r un peth yn digwydd bob blwyddyn," atebodd Raoul. "Mae'r bechgyn yn mynd ag athro dieithr i'r tŷ ac yn ei gloi e i mewn am hanner awr. Hen dradoddiad ydy e, Sophie."

"Ond mae Mademoiselle Jones yn ferch ifanc," protestiodd Sophie.

"Dim ond pranc ydy e," meddai Raoul. "A dydy'r Gymraes ddim yn dwp."

Roedd y nos Sadwrn ganlynol yn dywyll iawn. Cwrddodd y ddau fachgen â'r athrawes ifanc yn iard yr ysgol.

"Does dim car 'da ni, Mademoiselle Jones," meddai Pierre wrthi hi. "Ydych chi'n hapus i gerdded?"

Cerddon nhw drwy strydoedd y dref ac yna allan i'r caeau.

"Ydych chi'n byw mewn tref neu yng nghefn gwlad?" gofynnodd Claude.

"Yn y mynyddoedd," atebodd Eira. "Mewn pentref bach."

"Shhh … " meddai Pierre gan sibrwd. "Dacw'r tŷ!"

"Ble?" gofynnodd y Gymraes. Roedd y gwynt wedi codi ac roedd hi'n teimlo'n oer.

"Fan acw," meddai Pierre. "Rydw i'n gallu gweld y simnai yng ngolau'r lleuad."

Cyrhaeddon nhw'r tŷ a gwthiodd Claude y drws ffrynt ar agor.

Tynnodd e fflachlamp o'i boced a'i throi ymlaen.

"Rydw i'n mynd i mewn," meddai Claude wrth y ferch. "Ydych chi'n dod?"

"Ydw," atebodd Eira. Roedd ei llais hi'n crynu.

Aeth y ddau i mewn, ond arhosodd Pierre y tu allan.

"Peidiwch â phoeni am Pierre," meddai Claude wrth yr athrawes. "Mae ofn arno fe."

Roedden nhw'n sefyll mewn ystafell enfawr. Yng ngolau'r fflachlamp roedden nhw'n gallu gweld yr ystafell i gyd. Roedd hi'n llawn o hen ddodrefn ac roedd grisiau cerrig yn y cornel.

"Mae'n rhaid i ni fynd lan llofft," meddai Claude.

"Ewch ymlaen."

Croesodd Eira'r ystafell a dechreuodd ddringo'r grisiau. Yn sydyn diffoddodd y golau.

"Beth sy'n bod?" gofynnodd Eira. Yna clywodd

hi'r drws ffrynt yn clepian a sŵn allwedd yn troi yn y clo …

"Da iawn, Claude," meddai Pierre wrth ei bartner. "Mae hi wedi syrthio i'r trap."

Ond doedd Claude ddim yn gwrando arno fe. Roedd e'n syllu ar rywbeth yn y tywyllwch. Trodd Pierre ei ben a gweld ffigwr gwyn yn sefyll wrth gornel y tŷ. Cododd y ffigwr ei freichiau yn yr awyr a chymerodd gam tuag atyn nhw.

"Wwwwww … " meddai llais dwfn, a safodd gwallt y ddau fachgen ar eu pennau.

Dechreuodd y bechgyn redeg nerth eu traed. Roedden nhw'n dal i redeg pan gyrhaeddon nhw'r ffordd fawr. Roedd car yn dod tuag atyn nhw.

"Stopiwch," gwaeddodd Claude. "Stopiwch!"

Stopiodd y car a daeth Raoul Milot allan.

"Beth sy'n bod?" gofynnodd i'r bechgyn. "Ble mae'r Gymraes?"

"Yn y tŷ," atebodd Pierre. "Ond fe welson ni fwgan go iawn!"

"Ydy'r ferch ar ei phen ei hun?" gofynnodd Raoul. "O, rydych chi'n ffyliaid!"

"Ond doedden ni ddim yn ... "

"Dewch i mewn i'r car ar unwaith," gorchmynnodd Raoul. "Roeddwn i'n ofni rhywbeth fel hyn."

Cyrhaeddon nhw'r tŷ ac agorodd Claude y drws. Roedd Raoul yn dal y fflachlamp y tro yma.

"Dyna hi," meddai Pierre. "Mae hi'n gorwedd ar y llawr."

"Ond mae hi'n symud," meddai Raoul. "Diolch byth."

Penliniodd e wrth ochr Eira. Agorodd hi ei

llygaid.

"Fe welais i fwgan," meddai hi mewn llais gwan. "Fe gerddodd e drwy'r wal!"

"Rydych chi'n oer iawn, Mademoiselle," meddai Raoul wrthi hi. "Rwy'n mynd â chi'n syth i'r caffe."

Roedd Sophie Milot yn gweithio y tu ôl i'r cownter pan gyrhaeddodd y grŵp y caffe.

"Rydych chi'n wyn fel y galchen," meddai Sophie wrth Eira. "Beth sy wedi digwydd?"

"Roedd bwgan yn y tŷ gyda fi," atebodd y Gymraes. "A doeddwn i ddim yn gallu dianc. Roedd y bechgyn wedi cloi'r drws."

"Ydych chi wedi bwyta heno?" gofynnodd Sophie iddi hi.

"Nac ydw," atebodd Eira. "Roeddwn i'n rhy nerfus cyn mynd i'r tŷ … "

"Mae'n rhaid i chi fwyta nawr," meddai Sophie. "Mae bwydlen ardderchog 'da ni heno."

"Ond does dim arian 'da fi," meddai Eira.

Syllodd Sophie ar y ddau fachgen. Roedden nhw'n edrych yn drist iawn.

"Peidiwch â phoeni, Mademoiselle Jones," meddai Claude. "Rydyn ni'n mynd i dalu am bopeth."

Tra oedd Eira'n mwynhau swper yn y caffe, roedd Raoul a Sophie yn siarad yn y gegin.

"Mae Mademoiselle Jones yn actores dda, on'd ydy hi?" meddai Sophie. "Gyda llaw, ble mae'r blanced wen?"

"Yng nghefn y car," atebodd Raoul. "Rydw i'n actor da hefyd, Sophie."

Yn y cyfamser roedd y ddau fachgen yn gwylio Eira'n bwyta. Roedd yr athrawes ifanc yn profi popeth ar y fwydlen.

"Claude … ?" meddai Pierre yn dawel wrth ei ffrind.

"Ie?"

"Y tro nesaf, rydw i'n mynd i adael Mademoiselle Jones yn y tŷ a dod â'r bwgan i'r caffe, mae'n llai costus!"

Geirfa

ateb clir	straight answer
bwgan	ysbryd, ghost
bwydlen	menu
cloi	to lock
costus	drud, expensive
curo	to beat
cyfarwydd	familiar
cymdeithasol	sociable
cystal â	as good as
dewr	brave
disgyblion hynaf	eldest pupils
dodrcfn	celfi, furniture
estron	foreign
gwthio	to push
gwyn fel y galchen	white as a sheet
llyffant	frog
on'd ydy hi?	isn't she?
petruso	to hesitate
profi	to try
rhugl	fluent

sgleinio	to shine
sibrwd	to whisper
syllu	to stare
yng nghefn gwlad	in the countryside
ymddangos	to appear

Argraffiad cyntaf 1998

Cyhoeddwyd dan nawdd
Cynllun Llyfrau Darllen Cyd-bwyllgor Addysg Cymru.

Mae Uned Iaith Genedlaethol Cymru yn rhan o CBAC/WJEC Cyf.,
cwmni a gyfyngir gan warant ac a reolir gan awdurdodau unedol
Cymru.

© Bob Eynon

Mae Bob Eynon wedi datgan ei hawl i gael ei adnabod fel awdur y
gwaith hwn yn unol â Deddf Hawlfraint, Dyluniadau a
Phatentau1988.

Cyhoeddwyd gan Wasg y Dref Wen,
28 Ffordd yr Eglwys, Yr Eglwys Newydd,
Caerdydd CF4 2EA
Ffôn 01222 617860.

Cedwir pob hawlfraint. Ni chaiff unrhyw ran o'r llyfr hwn ei
hatgynhyrchu na'i storio mewn system adferadwy na'i hanfon allan
mewn unrhyw ffordd na thrwy unrhyw gyfrwng electronig,
peirianyddol, llungopïo, recordio nac unrhyw ffordd arall, heb
ganiatâd ymlaen llaw gan y cyhoeddwr.

Cydnabyddir cymorth Awdurdod Cwricwlwm ac Asesu Cymru
wrth gyhoeddi'r gyfrol hon.